¡Soy un insecto!

Si yo fuera una mariquita

Jo Marie Anderson
traducido por Alberto Jiménez

ilustrado por
Matías Lapegüe

PowerKiDS press

New York

Published in 2018 by The Rosen Publishing Group, Inc.
29 East 21st Street, New York, NY 10010

First Edition

Translator: Alberto Jiménez
Editorial Director, Spanish: Nathalie Beullens-Maoui
Editor, English: Melissa Raé Shofner
Book Design: Raúl Rodriguez
Illustrator: Matías Lapegüe

Cataloging-in-Publication Data

Names: Anderson, Jo Marie.
Title: Si yo fuera una mariquita / Jo Marie Anderson.
Description: New York : PowerKids Press, 2018. | Series: ¡Soy un insecto! | Includes index.
Identifiers: ISBN 9781508159612 (pbk.) | ISBN 9781508156918 (library bound) | ISBN 9781538320075 (6 pack)
Subjects: LCSH: Ladybugs—Juvenile fiction.
Classification: LCC PZ7.A534 If 2018 | DDC [E]—dc23

Manufactured in the United States of America

CPSIA Compliance Information: Batch #BS17PK: For further information contact Rosen Publishing, New York, New York at 1-800-237-9932

Contenido

Hoy he ido a casa de abuelita.
¡Vimos una mariquita! ¿Cómo sería
yo si fuera una mariquita?

Salgo de un huevo en primavera.

Soy muy pequeña y negrita.

Como insectos
diminutos.

¡Crezco un montón! Mudo de piel cuando esta me queda pequeña.

Cuando crezco lo suficiente
me acurruco en una hoja.

¡Es hora de convertirse en mariquita!

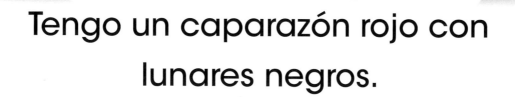

Tengo un caparazón rojo con
lunares negros.

Tengo alas. ¡Puedo volar!

Eso me protege, porque aleja
a los pájaros hambrientos.

Vivo en un jardín.

Algunas personas creen que doy
buena suerte.

Me paso el día caminando y comiendo.

Ayudo a mantener
el jardín sano.

Cuando hace frío
me escondo con mis amigos.

Dormimos todo el invierno.

Sería bonito ser una mariquita,
aunque solo fuera por un día.

Palabras que debes aprender

(la) hoja

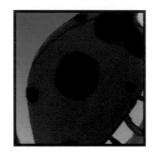

(los) lunares

(las) alas

Índice